# 꽃보라

## (꽃보라가 지나간 후 남는 것은)

# 꽃보라

**발  행** | 2022년 09월 05일
**저  자** | 서어진
**펴낸이** | 한건희
**펴낸곳** | 주식회사 부크크
**출판사등록** | 2014.07.15.(제2014-16호)
**주  소** | 서울특별시 금천구 가산디지털1로 119 SK트윈타워 A동 305호
**전  화** | 1670-8316
**이메일** | info@bookk.co.kr

**ISBN** | 979-11-372-9407-3

# 꽃보라

서어진 지음

# 〈목차〉

9~11 - Thanks to

12 - 햇살 카펫

13 - 타자비

14 - 타지

15 - 뚫린 가방

16 - 알

17 - 파도와 자갈

18 - 늦어진다.

19 - 책갈피

20 - 이름

21 - 사라져라

22 - 홍수

23 - 미흡

24 - 새치

25 - 기수

26 - 마중별

27 - 나중별

28 - 커튼

29 - 도서관

30 - 담쟁이 꽃

31 - 젖은 발

32 - 멀다

33 - 촉박

34 - 판박이

35 - 꿈적 허용

36 - 피로

37 - 도돌이표

38 - 겹

39 - 웃음

# 〈목차〉

40 - 여치

41 - 마라톤

42 - 탈선

43 - 주소

44 - 반려동물

45 - 취기

46 - 릴리스

47 - 잔상

48 - 회전목마

49 - 미결수

50 - 웃는 남자

51 - 확성기

52 - 도핑

53 - 조향사

54 - 복어

55 - 돌연변이

56 - 붕어빵

57 - 풍파

58 - 선잠

59 - 흉터

60 - 실명

61 - 흐름

62 - 라디오

63 - 싸락눈

64 - 서적

65 - 늘

66 - 덩굴

67 - 숨바꼭질

# 〈목차〉

68 - 강아지

69 - 미다스

70 - 친구

71 - 역전 포장마차

72 - 눈사람

73 - 독식

74 - 한 줌

75 - 붕어

76 - 트라우마

77 - 북창

78 - 경주마

79 - 석상

80 - 운석

81 - 회한

82 - 유지

83 - 달리기

84 - 보도블럭

85 - 작별

86 - 늑대

87 - U턴

88 - 비행

89 - 바닥별

90 - 농부

91 - 모래시계

92 - 기차

93 - 케이블카

94 - 나비

95 - 회

96 - 그림자

# 〈목차〉

97 - 신호등깨비

98 - 두 손

99 - 갈증

100 - 담백

101 - 비련

102 - 오타

103 - 한 판

104 - 시

105 - 케이크

106 - 많이

107 - 반디

108 - 또 하나

109 - 정점

110 - 일시정지와 시작

111 - 네버랜드

112 - 군복

113 - 산사태

114 - 거품

115 - 중간역

116 - 그렇게 시인이 된다.

117 - 애증

118 - 정화

119 - 퇴거

120 - 눈보라

121 - 꽃보라

122 - 신인문학상 소감문

123 - Ending credit

이 책을 사랑하는 우리 가족들
그리고 항상 많은 도움을 주시고
응원해 주시는 여러분들에게
바칩니다.

2022년 08월 31일
작가 서어진 드림

# Thanks to

<덕희>
낟두목, 박희진, 김희정, 권희랑, 노귀현, 이수현
배미애, 김현, 김병섭, 뿌향, 맥반석, 헤셀, 느아,
김민수, 줄리에뜨, 뿌향, 아이퍼플, P뽁뽁이, 후드,
김동인, 깐따, 냥냥이, 밤식빵, 새우, 조화, 라즈

<인터넷소설연합>
도르코스님 / 이민우형, 크로노츠바사님 / 김영재형

<학보사>
보위형, 경무형, 전완이형, 진나누나, 대선이형,
정현이형, 준용이형, 현예누나, 화섭이

<친구>
나은, 지혜성, 김도경, 이범희, 호대현, 박용범,
김창용, 오현경, 권이중, 김장우, 김준선, 이건준,
박진혁, 신상원, 염동엽, 원기연, 이홍구

# Thanks to

&lt;조아라&gt;
723님, 쌩쌩님, 뤼미에르mptw님, 0504lee님, 못생긴시님
세하seha님, 꼬꼬밥님, slacker001님, yops8574님,
조애나님, 제아방람님, 좋아하는 이야기님, 밤일님,
안녕친구야님, 완성을향해님, 역사에역사에님, 99의마수님,
디프테리아님, 유희섬님, 이바니바니님, 잘우는새님,
마안트님, 12121053님, 새로임님, 나오5276님,
소설조이님, 아아인님, 산묘님, lancet106님

&lt;InSomnia&gt;
박종민, 황수민, 한석환, 정은지, 이영훈, 이우정,
김민규, 갱쥬, 꿀성대, 나잇, 캡쳐첩, 몰니르

&lt;원고 검수&gt;
박희진님

&lt;디자인 제작&gt;
강혜윤님

# Special thanks to

가족들, 정희쌤, 영애쌤, 아라쌤,

세모덕님, Dreamcatcher

문학고을, 열린동해문학

# 햇살 카펫


당신은 마치 봄과 여름과 같아
항상 그대를 만나서는 춥지 않기에

같이 길을 가는 우리들도
모두 그 온기로 편안하도록

당신은 나그네의 외투를 벗길 만큼
항상 언제나 따뜻하기에

우리들이 지금껏 받아모은
그 온기들로

모두와 함께
이제는
당신도 같이 편안하기를

## 타자비 (62회 열린동해문학 신인상 수상작)

비가 내린다.
하지만 물은 보이지 않는다.

빗소리가 들린다.
하지만 습기란 느껴지지 않는다.

수많은 사람들이
열 개의 빗방울이 되어
온종일 타닥거리면서
빗소리를 만들어내니

이것을 하나의 기우제로 여겨
이곳 여기에서 비가 내린다.

물도 습기도 없지만
빗소리는 있는
타자비가 내린다.

# 타지 (62회 열린동해문학 신인상 수상작)

우리 모두는 하늘에서 왔으나

우리 모두는 땅을 밟고 살아가니

우리 모두는 일종의 타지에 와있다.


저 먼 지방에


멀리멀리 떨어져 내려서


전부 타지 생활 중이니


오늘 하루의 피곤함이


이해는 된다.

## 뚫린 가방 (62회 열린동해문학 신인상 수상작)

가방을 열자 바닥이 보였다.
가방에 담긴 것은 많았으나
지금 이 순간에는 하나도 없었다.

바닥에 많은 것들이 보였다.
평소에는 보지 못했을
뚫린 가방 덕분에 보이는 것들이었다.

온갖 것들을 가방에 담았다.
아래에 보지 못했던 모든 것들을
가방에 담긴 것은 없었으나
순간순간마다 늘 가득 차 있었다.

# 알 (62회 열린동해문학 신인상 수상작)

매일매일이면
난 하나의 알로 돌아간다.

밖과 나를 차단한 채
어둡고 단단한
나만의 공간 속에 숨는다.

몸집만 커졌지
그저 태생 전에 멈춰있는
한 개의 알

어쩌면
나는 알에서 태어났을지도 모른다.

그래서
고향으로 돌아가고자 하는 것일지도 모른다.

# 파도와 자갈 (62회 열린동해문학 신인상 수상작)

세상에 못마땅하고
나에게 못마땅하여
뾰족하게 모가나고
단단하게 틀어박힌
커다란 돌멩이들이

세상에 못마땅하고
나에게 못마땅하나
부드럽게 파도치고
물흐르듯 흘러가는
커다란 파도를만나

흘러가는 이야기를
부드럽고 물흐르듯
한세월간 수십년을
가만히서서 듣더니

세상에 못마땅했고
나에게 못마땅했던
뾰족하게 모가나고
단단하게 틀어박힌
커다란 돌멩이들이

부드럽게 파도치고
물흐르듯 굴러가는
몽돌들이 되었다네

# 늦어진다.

점점 늦어진다.
네가 늦게 찾아오고
내가 늦게 다가간다.

이전과 주어진 시간은 같은데
이전과 주어진 날짜는 같은데

만나는 날짜와
만나는 시간과
만나는 의지가

점점 늦어진다.
늦어져만 간다.

# 책갈피

대충 이쯤에서 덮으려고 한다
여기쯤에서 쉬려고 한다.

다음에 읽는 자의 수고를
나중의 나에 대한 수고를
조금이라도 덜어주기 위해

이곳에서 책갈피를 해두고
잠시 덮어주려고 한다.

# 이름

내가 지어주지 않은 이름
그대로 방치했더니

지나가며 보던 사람들이 수군거리며
남들이 이름을 지어주었네

# 사라져라

눈치껏 사라져라
이러지도 저러지도 못할 거라면
애매하게 남지 말고

빠르게 사라져라
미련 남았어도 이미 늦어서
다음 기회란 없을 것이 분명하니

지금 당장 사라져서
그대로 잊혀 가거라

# 홍수

끝도 없이 퍼부었더니
아무것도 막지 못했다.

어떤 큰 댐으로도
가두지 못하고

어떤 배수구로도
배출하지 못해

그냥 와르르 쓸려내려갈
내부의 홍수

# 미흡

매일 부족하게
매일이 미흡하게

매일 고독하게
매일이 모자라게

어차피 뭘 해도 미흡하고
어차피 고독하고 모자라다면

나를 위해

나를 위해서 살아야지
남이 아닌 나를 위해

# 새치

여름인데도 이놈은

하얗게 아주 하얗게 얼어붙어있다.

겨울을 놓지 않았나 보다.

# 기수

난 바다도 강도 아니야
그래서 바닷물고기도 민물고기도
모두 품지

난 바다도 강도 아니야
그래서 바닷물고기도 민물고기도
모두 품지 못하지

중간에 끼어서
모두를 품지만 품지 못하는

이 같은 나를
모두들 기수라고 부르리라

# 마중별

석양을 등지고
가장 먼저 마중 나온
샛별

너 다른 표정 없이 홀로 해맑구나

누가 와서 기쁜 것이냐
아니면 마중 나온 것 자체가 기쁜 것이냐

# 나중별

아침을 앞두고 나서야
가장 늦게 마실 나온
늦별

너 다른 표정 없이 홀로 해맑구나

아무도 없어 홀로이기에 더 밝은 것이냐
아니면 나온 것에 의미를 두고 기쁜 것이냐

# 커튼

해가 너무 아까우니
커튼은 조금만 이따가 치세요.

해가 졌다면 남아있는 온기가 아까우니
창문은 닫아 두었다가 조금만 이따가 여세요.

그렇게 마지막에 마지막 온기까지 다 쓰고
창문을 열고 기다리고서

다음날 해가 뜨거든 다시 아까우니
마지막에 마지막까지 온기를 나눠서 쓰세요.

# 도서관

자꾸 떨어진다
책으로 세워 올린 내 계단이

자꾸 무너진다
눈으로 읽어 채운 내 사다리가

눈으로 책으로 머리로 쌓아올린 내 도서관이
스스로 시간에 흘러 게으름에 다쳐 무너지니

그 남은 잔해들로 새로운 도서관을 건설해야지

떨어지면 다시 올리고
무너지면 다시 채우는
나의 그 도서관을 만들어야지

# 담쟁이 꽃


담쟁이덩굴 하나 벽을 타고 올라
나 있는 곳까지 올라와

네 계절을 돌아
다시 계절이 왔다.

계절 동안 변한 것은 2층이 아닌 3층에 핀 너이니
더 높게 피고자 하는 너의 마음은 잘 알겠다.

# 젖은 발

눈물에 잠겨 젖은 발
걸을 때마다 흔적을 남겨

슬피 우는 마녀가 어디로 향하는지
헨젤과 그레텔처럼 손님이 따라오는데
목적지에 도착해도 과자집이 없어

마른 눈물 자리를 그대로 밟아
손님들은 제자리로 돌아가고

새로운 걸음 촉촉이 젖어 손님을 홀리는
나 오늘 또 새로운 마녀가 되네.

# 멀다

멀었다
너무 멀리 있어

멀었다.
너무 멀리 보다가

먼 곳만 바라보다가
기어이 장님이 되어버렸으니

멀리 보다가 멀었다.
멀어 보여서 눈을 감아버렸을지도 모른다.

# 촉박

아무거나 일단 써서 보여드립니다.
촉박하면 날려 쓴 그 맛이 있지요.

그냥 자유롭게 아무 의미도 표현도 신경 쓰지 말고
손이 가는 대로 생각이 나는 대로 그렇게 흘러가는 거지요

그렇게 적어낸 글도 일단 그런 맛이 있지요.

# 판박이

이렇게 또 도망간다
하루가 흘러넘친다
어제와 판박이 같은 모습으로

오늘이로구나
또 오늘이구나
어느덧 오늘이로다

# 꿈적 허용

꿈에서는 다 된다.
그 누가 뭐라고 할까

시에서도 다 된다.
그 누가 뭐라고 할까

내 맘대로 할 수 있는
몇 없는 공간에서

나는 모든 허용치를 믿고
꿈적 허용이라고 우길 것이며
시적 허용이라고 우길 것이며
내가 허용했다고 주장할 것이다.

# 피로

결국 네가 나를 잡는구나.
내 목덜미를 잡아 주저 앉히는구나

생각할 힘도 모두 너에게 뺏기고
아무것도 하지 못한 피로만을 받았으니

드디어 너에게 잡혔구나
언젠가는 예상했지만 생각보다 슬프구나

# 도돌이표

차라리 처음으로 돌아갈 수 있다면
그렇다면 또 똑같은 현재를 걸어
지금과 같은 미래를 만났을 텐데

차라리 처음으로 돌아갈 수 있다면
그렇다면 또다시 처음부터 시작해
지금과 같은 길을 걸었을 것을

변함없는 미래를 알면서도
차라리 처음으로 돌아갈 수만 있다면…….

# 겹

어쩌다가 책을 찾았고
어쩌다가 책을 읽었고
어쩌다가 학생이 되어
어쩌다가 글을 써보고
어쩌다가 상을 타서는
어쩌다가 책을 내고서
어쩌다가 시를 쓰는데
어쩌다가 계속 써지니

우연에 우연에 우연히 거듭된
겹이다.

# 웃음

웃음에는 소리가 없다.
언젠가부터 말없이 소리 없이
올라가는 입꼬리와
살짝 흘리는 미소로

언젠가부터 내 웃음에는 소리가 없다.

타자로 치는
ㅋㅋㅋ과 ㅎㅎㅎ로 만족해하며
나의 웃음은 소리 내는 법을 잊었으니

이것도 웃음이라고 부를 수만 있다면
그저 다행일 뿐이다.

# 여치

사실 너는

육식동물이었나
초식동물처럼 위장해 그 속에 끼어있었으니

목적은 달성했는가?
배부름에는 성공했는가?

# 마라톤

언제 다 가나 했는데
돌아보니 지금 이만큼은 오지 않았소

이만큼 왔으니 저만큼도 가보고
이만큼 온 거리를 두 번은 못 가겠소

그렇게 나눠서 가다 보면
언젠가
완주도 해보지 않겠소

# 탈선

그래
가끔은 이렇게 살면

편하구나.

그래
가끔은 이렇게도 살아야

숨을 좀 쉬겠다.

# 주소

내가 누워서 자는 이 집도
내가 먹고살기 위한 이 회사도
시를 연재하는 이곳도
업무를 주고받는 팩스도
잡다한 것이 오고 가는 메일도
늘 손에 붙어있는 번호도

세상 모든 것이 주소이니
내 주소를 묻거든
뭘 말해야 할지 몰라서
그냥 길을 잃었다고 답한다.

# 반려동물

너뿐이다
오로지 너 밖에는 보지 못했다

주는 것이 없어도
받는 것만 있는 것은

죽어서 저승에 먼저
마중 나올 자들은

오로지 너뿐인가 하노라

# 취기

몽롱한 상태에서 쓰는 시는
작가도 독자도 뜻을 해석해가며 읽어야 하는 누구에게도 처음
보는 시

그 공평한 시를 쓰기 위해 작가는 술을 마시고 또 술에서 깨어
나니
작가가 독자가 되는 시

오직 마신 술만이 알고 있으니 이미 넘어가버린
정답을 모르는 시

# 릴리스

나는 그저 사랑을 찾았을 뿐인데
다른 이들은 나를 악마라고 부르네

그럼 할 수 없지 악마가 되어
내 명예와 이름을 버리고 사랑을 차지하는 수밖에

# 잔상

잠이 드는 순간까지도
계속 생각이 나는데
잠이 들려고 눈을 감아도
거듭 모습이 보이고
잠을 자는 중에도
꿈에서 네가 나타나니

내가 기다리는 너의 잔상 속에서
난 기다리네
또 한 번의 잔상을 기다리네

# 회전목마

겉으로는 즐거운 척
화려한 조명과 음악을 틀고서는

실제로 들어가면
그냥 늘 같은 자리를 돌기만 한다네

지루함과 걱정과 불안은
모두 빛과 노래로 숨겨놓고

혼자 웃으면서 빙빙 도는
나는 한 마리의 회전목마요

# 미결수

이미 수도 없이 끝을 예감하고
모든 것을 포기하고 떠나려 했으나

그럴 때마다 예상과 다르게
다시 기회가 주어지니

내게 아직 마지막이 허락되지 않았나 보다

# 웃는 남자

강제적으로 매번 웃기 위해
광기로 나를 박제 시켰다네.

사람들이 나를 미치광이라고 불러도 상관없소.

난 영원한 찢긴 웃는 남자로 남아서
표정을 되돌릴 수 없으니

# 확성기

누군가가 무언가가 어딘가에서 살려달라고 외친다.

한 가지 분명한 것은
나도 내가 아는 것도 내가 눈치를 챌만한 곳도 아니니

확성기 소리에 맞춰 나도 확성기를 틀어

누군가에게 무언가에게 어딘가를 향해 살려달라고 외친다.

# 도핑

과거의 추억의 힘으로 오늘을 산다.
미래의 체력과 희망으로 오늘을 산다.

현재의 것에 아무런 의미도 찾지 못했으니

이게 옳은 것인지는 알 수 없으나
다른 선택지가 없으니

과거를 되삼키고 미래를 당겨
도핑을 할 뿐이다

# 조향사

생각하면 그 추억 속의 냄새가 난다.

그 추억 속의 냄새를 최대한 기억하여
사진과 같은 통에 담을 뿐이니

조향사여 부탁합니다
부디 내게 또 다른 추억을

# 복어

난 항상 배가 꺼지지 않은 채로
부른 채로 있다

이 뱃속에 들은 것은 나
를 보호하지는 못해도 너를 죽일 수는 있는 악의와 경고

난 항상 욕심에 찬 배로 찬 바다를 유영하면서

불특정 다수에서 악의의 경고를 날릴 운명인가 보다

내 배는 죽기 전까지 꺼지지 않을 건가 보다

# 돌연변이

유일하게 가진 능력이
그저 맞춰서 참아주는 것이니

그저 모든 것에 맞게끔
모나지만 않게끔

변이로 살아갈 테요
돌연변이가 아니면 살지 못하니

나 세상에 없던
항상 맞춰주는 돌연변이로 살아갈 테요

## 붕어빵

너를 씹는데 집 어항이 눈에 들어온다.

물고기란 하나도 들지 않은 밀가루와 팥으로 흉내 낸
너를 먹으면서

나는 왜 물고기의 눈치를 보는지는 모르겠지만

그들이 경멸 어린 눈초리로 나를 바라보는 동안에는

난 너를 숨어서 먹을 수밖에는 없었다.

# 풍파

내게 상으로 돌아오는 것은 모진 풍파뿐이다

위기를 즐기면서
타고 또 타고 넘어

오르막길 힘들게 넘어도
나타나는 것은 끝없는 추락의 내리막이지만

그 풍파 하나씩을 넘고 그 위기 하나씩을 넘겨서

우리가 지금까지 같이 버텨왔으니
그것은 분명하고 확실하고 영광된
상임에 틀림이 없다

# 선잠

꿈과 현실의 경계에 누워
둘 모두의 소리를 듣고
둘 모두를 본다.

자면서 깨어있어 피곤하나
깨어있으며 자고 있으니 편하구나.

현실과 꿈의 경계에 서서
몽롱하게 꿈을 꾸어본다.
취한 듯 현실을 살아본다.

# 흉터

내가 가지고 태어난 흉측한 흉터를
항상 가리고 다닌다.

항상 가리고 다니는 흉측한 흉터는
안에서 썩어들어가고

안에서 썩어들어가는 흉측한 흉터를
이젠 더 가릴 수도 없으니

이젠 더 피할 수 없으리

# 실명

거 봐
항상 보고 싶은 것만 보더니만

이제는
보고 싶어도 볼 수 없어졌잖아

# 흐름

실처럼 보이지만
실은 물처럼 흘러

만질 수는 있지만 잡을 수 없고
막을 수는 있지만 끊을 수 없는
흐름 안에서

거슬러 오르지도 않고
머물러 있지는 싫으며
맞춰서 흐르기는 거부하는 것도

실은 물처럼 흐르는 것이다.
실은 흐름 속에 있는 것이다.

# 라디오

눈과 손은 바쁘지만
그래도 귀는 열려있지

눈을 감고
손을 쉴 수는 있지만
그래도 귀는 열려있지

닫을 수 없는 귀를
나는 들고 태어났으니

한 평생 이런저런 소리와
도란 도란 사연을 들으면서
살아가야지

나는 듣지 못하는 방법을 모르니
죽기 전까지 그렇게 살아가야지

# 싸락눈

분명 가루져 내리는 걸 내가 봤건만
만지려고 하니 흔적도 없이 녹는구나

도로와 땅바닥에는
분명 가만히 앉아있는데

네가 차가워서 녹는 것이냐
내가 뜨거워서 녹는 것이냐

# 서적

기어이 모아서
한 권을 만들고

기어이 만들어서
하나를 팔고

뭐 하나 죽기 전에
남은 것이라도 있구나

언젠가 누구에게 뭐 하나 자랑스럽게
적을 것이라도 있구나

# 늘

늘 한결같이
늘 하려고 하나
늘 하는 것은
늘어지는 것, 그것뿐이니
늘 후회만 하다가
늘 지나만 간다.

그러니 나는 후회하지 않을 거요.
그러니 나는 늘 이렇게 살 거요.

# 덩굴

난 너를 항상 잘랐는데
너는 항상 자라나더니

어느새 방심하면
내 시야를 가린다.

내가 너의 끈기는 인정하나
나 또한 끈기가 살아있으니

난 너로 인해 산다.
너의 끈기로 인해 산다.

# 숨바꼭질

내가 술래라서 숨은 나를 찾는다.
나를 잘 아는 사람이기에 찾기가 어렵다.

나라는 나는 나를 꺼내지 못해
결국 꾀꼬리를 부르고서

아주 잠깐 공감하여
아주 잠깐 네가 되련다.

# 강아지

사랑했어요.
당신도 알겠지만

바보처럼 그냥
뭘 해도 다 좋다고 했어요.

이젠 졸리고 힘들어서
누워서 눈을 감으려 해요.

걱정 마세요.
오면 언제든 내가 반겨줄게요.

# 미다스

나의 손끝에서, 황금이 되어 사라진다.
모두 노랗게 되며 시든다.

풍요를 바래 풍요를 얻었으나
결국 결말에 얻은 것은 빈곤이니

나 또한 노랗게 되어 시들 것이다.
나의 손끝부터 황금이 되어 굳을 것이다.

# 친구

내 유년 시절은
꼭 너희 앞에서만 나온다.

마음껏 뛰어놀고
마음껏 웃고
나도 모르는 내 유년 시절이

다른 누구도 아닌 꼭
너희 앞에서만 나온다.

# 역전 포장마차

이제는 밖에 나다니는 사람도 드문
마지막 열차가 막 지나간 시간

그곳에 불빛을 비추는 포장마차 안에는
여러 가지 온갖 시가 다 있다.

자랑과 푸념은 기본이고
한 사람의 일생과
커가는 자녀와
돌아가는 사회와
회사의 이야기까지

밖으로 나가지 못하고
안에서 맴도는 온갖 시들이
그곳
포장마차에 있다.

# 눈사람

서서히 녹고 있어요
밖에서는 다가오는 봄에 의해서
안에서는 나를 만져줬던 손의 온기에 의해서

따스함을 느끼고 싶었어요
그것이 나를 안과 밖에서 죽여갈지라도

서서히 사라지고 있어요
괜찮아요 당신에게 봄이 오는 건 좋으니까요.

# 독식

내 욕심으로 내가 다 차지하여
모든 이들의 일과 자리를 내가 독식하였다.

아무리 큰 코끼리라도
상자 속에 든 양일지라도
유리 관 속의 장미일지라도

아무런 상관이 없다.
내가 모든 것을 독식하였으니
그림자로 보는 것보다 난 더 무시무시할 것이다.

# 한 줌

커다란 몸뚱이도 작고 작았던 몸뚱이도
그저 한 줌이 되어
한숨에 날아갈지어니

끝에서는 모두 공평할지어다.
모두 한 줌의 한숨이 될지어다.

# 붕어

난 3초마다 까먹어
늘 새로운 세상 속에 산다.

모든 것을 알았다가도
지금 이 순간

깜빡

하는 사이에
나는 새로운 세상으로 간다.
또 다른 삶을 살아간다.

# 트라우마

너는무엇을두려워하느냐
저는아무것도아닌것을두려워합니다
아무것도아닌것을왜두려워하느냐
아무것도아니기에두렵습니다
그것은두려워할이유가없느니라
아무것도아닌게아니기에두려워합니다
두려워말라놔두면아무것도아닌것을네가건드렸기에아무것도아닌
게아닌게되어두려워지는것이다
저는아무것도아닌것이두려워더이상아무것도아닌것이아니게만들
었습니다그래서그것이두렵습니다

네가 아무것도 아닌 게 두려운 것이냐
그렇습니다

이제서야 마침내

# 북창

북쪽으로 그늘진 곳으로 나는 창을 내겠소

모두가 말려도
모두가 아니라고 해도
난 나 홀로 그늘진 곳으로 창을 열겠소

축축이 서늘한 그곳으로
적당히 어두운 그곳을 향해

난 아무도 가지지 않은 북쪽 창을
나 홀로 오로지 간직하겠소

# 경주마

길은 하나 목적도 하나다.
출발선에 선다.

옆도 뒤도 돌아볼 시간이 없다.
오로지 앞만 보고 달릴 뿐이다.

누구를 앞지르는지
누가 나를 앞지르는지는 모른다.

그저 앞만 보고 달린 뒤
같은 목적지를 지나고 나서야

그제서야 결과를 듣고

다시
출발선에 선다.

# 석상

너와 달리 나는 움직이지 않았다.
비록 수척하고 늙고 이끼가 꼈지만

비록 아무도 알아줄지 않을지라도
자리를 떠나지도 마음을 바꾸지도 않았다.

# 운석

너희들이 나를 동경하기에
내 초라하지만 여기 강림해 보았다.

지구를 멸망시킬 크기는 아닐지라도
작고 작은 돌일지라도

너희들이 내 가치를 높게 여기기에
나 작지만 여기 도착해 보았다.

# 회한

그때 알려주겠나

다 끝나고 나서 어깨 털며 돌아갈 때에
그때 말해주겠나

당신이 본 나의 모습을
내가 본 당신의 모습을

아주 솔직하게
툭 터놓고서

마지막에 마지막 회 한 이 다할 때
그때 고백을 하여주겠나.

# 유지

가장 어려운 일을
가장 쉽게들 말한다.

가장 힘든 일을
가장 편하게들 말한다.

가장 어렵고 힘들 일을
가장 쉽고 편하다고 하기에

가장 쉽다고 여겨보았다.
가장 쉽게 처리해 보았다.

# 달리기

바람이 구름을 동쪽으로 밀었다.
동쪽에서는 해가 뜬다고 했다.

난 많이 뛰었다.
늦어서, 도망치기 위해
혹은
핑계를 만들기 위해

바람이 나를 동쪽으로 밀었다.
동쪽에서는 해가 뜬다고 했다.

해가 뜨는 것을 보자는 핑계로
난 많이 달아났다.

누군가 왜 달리냐고 묻기에
도망치는 중이라고 하지 못해
해를 보러 가는 길이라고 했다.

# 보도블록

매끈하게 잘 포장했다고 생각했는데
안에서 자라는 생각 줄기는 어쩔 도리가 없어
포장된 것을 울퉁불퉁하게 파고드니
마지못해 드러나는 뿌리

너희들의 그 생명력이
우리들을 이겼다.

# 작별

나에게 작별을 고한다.
이제 나는 더 이상 없다.
뭘 하든 간에 돌아올 내가 없으니
뭘 하든 간에 내 존재 자체가 없다.

나에게 인사를 건넨다.
이제 더 없을 나에게
의미가 없어 돌이킬 수가 없으니
돌아온 나에게 작별의 인사를 보낸다.

# 늑대

먹이를 주지 말라고 하지만
그것이 쉽지만은 않았다.

부정적인 늑대에게 부정적인 것만 잔뜩 먹여
굶고 지친 긍정적인 늑대가 날 원망하니

먹이를 주고 싶었지만
그것이 쉽지만은 않았다.

두 마리 늑대의 일방적인 싸움 끝에
배가 터져 죽어버린 늑대와
굶어서 죽어버린 늑대 사이에서

나는 늑대가 먹다 남긴 부정적인 건더기를 모아
내가 나에게 먹이를 준다.
차라리 그것이 쉬웠다.

# U턴

자신도 확신도 없이
더듬거리며 나갔다

좀 돌아가는 것이 뭐가 그렇게 큰 차이가 있다고
뭐가 그리 무섭다고

막히면 U턴이라는 방법이 있으니
자신도 확신도 없지만
더듬거리면서 계속 나아갔다.

# 비행

오늘도 난 떠오른다
흔들리는 곳 위로

이륙 첫 시작과
착륙 마무리는 항상 어렵다.

공중에 뜨기만 하면
나머지는 모두 쉽다.

오늘도 난 어려움으로 떠올라
쉬움으로 길을 걸어가다가
어려움으로 내려올지니

오늘도 난 비행을 한다.
난 늘 비행을 한다.

# 바닥별

밤하늘에서 내려다보니
땅 위에 별이 박혔다.

누가 버린 야광별이면 어떻고
물에 비친 별 이면 어떻고
날리다가 떨어진 꽃잎이면 어떠랴

하늘에 붙었다고 별이라고 부른다면
이것들은 땅에 붙었으니

난 이것도 별이라고 부르리 오.
난 모두를 별이라고 부르리 오.

# 농부

난 오늘도 시를 심고
물을 주고
빛을 주며 돌보네

딱딱한 일상의
아주 작은 틈 사이에서

뿌리를 내리고
일상이 부서질 때까지

시가 심어진 자리에서
시가 싹을 틔운다.

농부가 심은 수고와
땀을 배반하지 않으면서

시를 심은 자리
시가 나고 자란다.

# 모래시계

알 하나에 혼을 담아,
시간을 담아 천천히 하나씩 흘려보낸다.

어차피 끝은 결정된 거
이미 흐르기 시작했으니

더
쳐다봐서 뭐 하리

# 기차

모든 것을 뒤로 두고 떠난다.
오직 철컹이는 철길 소리 이외에
무슨 소리가 들릴까

내 손으로 표를 사고
내 손으로 올라타서
내 고향을 등에 지고서는

모든 것을 뒤로 보내며 나아간다.
오직 철컹거리는 철길 소리 이외에
더 무슨 소리가 필요하리

# 케이블카

도저히 혼자 힘으로는 오를 수가 없어서
너희 힘줄을 타고 크게 오른다.

너 나 우리 모두가
네가 없었으면 오르지 못할 곳을
너의 덕분에 올라 높은 곳에서 바라보니

다 너의 공이다.
우리의 공은 일절 하나도 없을 것이다.

# 나비

그저 가만히 웅크려
계속 붙어있던 네가

어느새 찢고 나와
훨훨 날아가는구나

너에게 있어서는 그게 더 좋겠지만
섭섭함과 아쉬움은 감출 수가 없구나

# 회

너의 그 비릿한 맛은
바다를 담고 있어서냐
아니면
죽어가며 흘린
너의 피를 담고 있어서냐

이유는 모르겠지만
입가에 비릿한 맛이 맴도니

뭐가 됐든
초장과 간장을 찍고
와사비를 발라

일단
난 내 눈앞에서 지워두련다.

일단
난 내 시야에서 감춰두련다.

# 그림자

나라는 사람으로
그림을 그려본다.

벽과 천장에
그림을 그린다.

나 자신뿐 아니라
개나 고양이부터
사물들에 이르기까지

크고 작음을 모두
내가 좌지우지하면서

그림자로 그림을 그려본다.
어두운 그림을 그려본다.

# 신호등깨비

붉은 눈 부라리며
멈추라고 응시한다.

살짝 졸린 듯
노란색으로 안광을 바꾸고

기분이 좋은 듯
청량한 초록 눈으로
어서 가라고 기분 좋게 끄덕거린다.

붉은 눈 부라리기 전에
얼른 지나쳐간다.
붉은 안광을 띄기 전에
얼른 도망 쳐간다.

# 두 손

두 손으로 가득 움켜쥐어도
잡을 수가 없어

두 손을 전부 들고
포기를 한다

두 손을 힘없이 늘여놓고서
길을 잃은 두 손에게

미안하다고
자책하며 사과를 한다

# 갈증

그냥 목이 말랐다.
물을 거푸 들이켜도

그냥 목이 말랐다.
저 넓은 강에 뛰어들어
마음껏 자맥질을 해보아도

그냥 목이 말랐다.
배가 빵빵해지도록
여러 가지를 마시고
가쁜 숨을 몰아쉬어도

그냥 목이 말랐다.
사라지지 않는 갈증을
그냥 품에 안고서
그저 참기도 하면서

그냥 갈증과 산다.
그냥 목마름과 함께 산다.

## 담백

하얀 곳에
검은 양념을 최소화하는 것이
시라고 배웠다.

그러므로 그냥
담백하게
하얀 종이에
검은 글자 몇 개 찍고서는

손님들에게 내놓을 것이다.
분명 그렇게 배웠다.

# 비련

슬프게 끝나면 비련이라고 하였다.
나는 이 일이 슬프게 끝날 것을 안다.

알고도 진행되는 일들은
나를 경고하고 말리면서
비련으로 데려가려 하는데

나는 모든 것을 알면서도
말리는 모든 것들을 뿌리치고

기어이 나아가서
비련을 맞이하련다.
슬픈 사랑의 최후를 맞이하련다.

# 오타

너는 내가 만들었다.
실수라고 해도
내가 만든 것이다.

이것을 살리자니
내가 낳을 글이 죽고

이것을 죽이자니
내가 낳은 글자가 죽는다.

이러한 이유로
요ㅌㅏ를 ㄴ마겨

이번 한 번만이라도
너를 살려놓고
나의 글을 죽여보겠다.

# 한 판

네모난 종이 움켜쥐어
손으로 구기고 난 뒤에

내 한숨을 한 움큼 잡아
손으로 채워 넣는다.

나를 찾는 누군가가
나에게 어딨냐고 묻거늘

한숨으로 딱 한 판만 채우고
돌아가겠다고 해야지

# 시

시원한 것은 어디에 있는가
빠른 것은 어디에 있는가

길게 쓰자니 할 이야기가 많아
길고 길어져 느려지기만 하니

시작하기 좋은 것은 어디에 있는가
끝맺기 좋은 것은 어디에 있는가

시행착오를 거지면서
소설부터 수필을 지나 찾다가

시라는 것을 찾았다.
그 밖에 다른 것은 찾을 자신이 없어
시에 정착하였다.

# 케이크

좋겠다 너는
항상 축하와 기념 속에 빛나서

좋겠다 너는
항상 즐겁고 행복하기만 할 테니

지금은 아니지만 언젠가
내가 축하 속에 즐겁고 행복하다면
너를 찾기 않으리

좋겠다 나는
너 없이도 충분히 행복할 수 있으니
너 없이도 충분히 축하와 기념을 할 수 있으니

# 많이

많이 쓰려고 했겠나
오래 쓰려고 한 거지

많이 쓰고자 해도 그게 맘처럼 되겠나
오래 쓰고자 한건 맘처럼 되겠다만

# 반디

나는 더러운 개똥이라고 불리는
나는 지저분하고 천한 벌레요

벌레 중에서도 특히
짐승 중 만만하다는 개를 넘어
그 개의 똥이라고 불리는 벌레요

깨끗한 곳에서
누구보다 청량한 빛을 내건만

내가 짓지 않은 이름으로
나를 욕되게 해도

나는 개똥이 아닌 반디요
비록 벌레지만
반짝이는 벌레인 나는

저 하늘에 있는 별이요
고귀하고 아름다운 벌레요

# 또 하나

또 하나의 글을
또 하나의 시로

또 하나의 나를
또 하나의 너로

또 하나를 추가해
또 하나를 더하고

또 하나를 만들어
또 하나를 끌고 가니

또 하나의 작품으로
또 하나의 내 세상을

또 한 번
만들어나가보겠소

# 정점

딱!
찍고 나니

이젠
더는 흥미가 없어

탁!
놓고 나와서
내려와

막!
흥미를 찾았다.

# 일시정지와 시작

쉬고는 싶고
힘에도 부치지만
멈추기는 싫어서 눌러놓았다.

멈췄다가는
더 재생될 자신이 없어
그래서 눌러놓았다.

그렇기에
내가 그랬기에

다음에 재생 버튼을
누르기도 쉽더라

# 네버랜드

내게 아직 남아있는
나라는 아이

내게 아직 존재하는
네버랜드라는 나라

불가능이라고 해도
피터팬은 없다고 해도

나 자신에게 아직 남아있다면
나는 아직 조금은 더

이 나라에 남아도 좋으리
나라는 아이 속에 갇혀도 좋으리

# 군복

어느덧 6년이 넘어
너를 마지막으로 입고 벗는다.

까까머리들로 시작해
하나씩 총 네 개를 쌓아간

나의 젊음이여
나의 20대 초반이여

어느덧 너를 옷장에 넣어두고
다시 입을 날이 없음을 느끼며

그때 그 군복이 좋았다고 생각하는 걸 보니
나의 20대는 이것으로 끝나고
이제는 보내줘야 할 과거가 되는듯하다.

# 산사태

돌 하나를 굴려
누군가가 나아가는 방법은 알려줬으나

그다음 멈추는 방법은
그 아무도 알려주지 아니하여

처음 내려간 그 동력으로
점점 더 거세게
이제는 멈출 수가 없이
쏠려 내려갈 뿐이다.

하나의 파도가 되어
아래로 아래로 거듭 쌓여갈 뿐이다.

# 거품

미련하게 그저 신나서
해맑게 꺄꺄 웃으면서 부풀었거늘

그 몸집 그 감정으로
하늘로 두둥실 날아올라

아차 하는 사이
퐁 하고 한순간에 사라질
거품들이

모두 나만 바라보고 있다.
후~ 하고 불어 주기를
기대하고 있다.

# 중간역

잠이 들었다
매일 타고 다니는 기차 안에서

깜빡 잠이 들었다.
매일 왕복하는 그 길 위에서

깜빡 깨어났다
내게 보이는 중간역에서

잠에서 깼다
오는 길인지 가는 길인지
알 수가 없는

온통 깜깜한 그 역에서
상행인지 하행인지
알 도리가 없었으니

그저 다시 잠에 들었다
깨고 나면 알게 될 테니

알아서 나를
정답지로 데려가 줄 테니

# 그렇게 시인이 된다.

이것은 본성이 아니다
천부적으로 태어나 가지게 된
본능이 아니다.

어쩌다가 만들어진
돈으로 살 수도 가질 수도 없는
그런 것이다.

후천적으로 애정과 사랑에 빠져
이제는 어떤 단점도 안고 갈
그런 자신과 확신이 들면서

본능과 금전과 욕구를 모두 이겨
마침내 부성애라는 것을 지닌 채로

그렇게 시인이 된다.
자식같은 글을 쓰는
아버지가 된다

# 애증

분명 증오하고
싫어하며
싸우고
저주하며
헤어졌거늘

마지막이 오는 순간은
왜 갑자기

슬프고
안타까우며
쓸쓸하고
뒤를 돌아보게 하는가

이성과 차이 나는
또 다른 감정을 통해

증오와 애정을
같이 느끼니

이렇게 또 한 단계
감정을 넘어가는구나

# 정화

폭우가 내렸다.
소나기였다.

갑작스럽게 내린 비라
모두들 피하지 못하고
비를 맞았다.

전부 쓸려내려갔다.
광폭하게 쏟아지는
폭우를 모두 나눠 맞으면서
전부 정화되어갔다.

뭐든지 뭐가 되었든
모든 모두의 것들이
아무것도 아닌
하나의 무언가가 되어
모두 정화되어 사라졌다.

비가 그치고
사람들은 무엇이 달라졌는지
무슨 일이 일어난 건지
전혀 아무도 그 누구도 알지 못하고
젖어버린 옷과 머리카락을 털면서
그렇게 정화된 사람들이 되어 사라졌다.

# 퇴거

나가라고 했다
그래서 나왔다.

갈 곳은 있는데
가고 싶은 곳은 없다.

그래도 그냥 나왔다.
나가라고 하기에 따랐다.

목적지가 어딘지는 알지만
그곳을 애써 힘들게 등을 지고

나와서 나아간다.
나가라고 했으나
내가 나가고 싶어서
스스로 퇴거하였다.

# 눈보라

눈에 들어온 것들은
모두 차디찬 것들뿐이다.

손을 뻗자 돌아온 것들은
모두 차가운 것들뿐이다.

온통 차가운 것에 휩싸인 나는
어느덧 차가움의 한복판에서
차가운 것들과 함께 서서
차가운 것들을 만지며
차가운 것들을 느끼며
차가운 것들만 보고 있다.

이제 내가 느끼는 것은
모두 차디찬 것들뿐이다.

# 꽃보라

떨어져 바람에 날리는 눈꽃을
눈보라라고 부른다.

함께했던 그 언덕에 서서
혼자 너를 기다릴 때면
눈꽃이 떨어져 날린다.

꽃이 지고 눈이 내릴 때를 넘어
매일을 올라

눈이 지고 꽃이 내릴 때까지
매일을 기다리다

결국에 언젠가는

혼자였던 그 언덕에 서서
너와 함께 서 있을 때면
꽃잎이 떨어져 날린다.

떨어져 바람에 날리는 꽃잎을
꽃보라라고 부른다.

꽃보라가 지나간 뒤 영원히 남는 것을
너라고 부른다.

# 제 62회 열린동해문학 신인 문학상 소감문

안녕하세요 제 62회 열린동해문학 신인 문학상 시부분 수상자 서어진입니다. 작년에 이어 올해도 이렇게 좋은 기회를 얻어 뜻깊은 상을 추가로 수상하게 되었습니다. 진심으로 감사의 말씀을 드립니다.

시는 참 재미있는 장르라고 생각합니다. 모든 사물과 현상과 생각을 글이라는 도구를 통해 스케치처럼 짧게 그려낼 때도 있고 인고의 시간을 들여 긴 기간 동안 하나의 작품을 그려낼 때도 있으며 작가의 시각과 독자의 시각이 완전히 다를 수도 있는, 그야말로 알 수 없는 장르라고 생각합니다.

그 매력에 빠져 시를 쓰기 시작한 지가 벌써 어느덧 10년을 조금 넘어 이제는 손가락으로 셀 수 없는 기간이 되었습니다.

이번 신인상을 통해 그 긴 시간 동안 써왔던 시가 정체되거나 후퇴하지 않고 조금씩이라도 나아갔다는 증거가 되었다고 믿으며 앞으로도 정체되지 않도록 꾸준히 나아가는 작가가 되겠습니다.

시라는 장르의 매력을 최대한 살려 나가는 매력 있는 작가가 되고자 합니다. 앞으로 멈추지 않는 글로 보답하겠습니다.

끝으로 제 글을 좋아해 주시고 응원해 주시는 많은 분들에게 이 상을 바칩니다. 다 여러분들의 덕입니다. 감사합니다.

# Ending credit

## <작가>
서어진

## <출판사>
주식회사 부크크

## <연재장소>
문화의 시작 조아라

## <소속>
문예지 문학고을
문예지 열린동해문학

지금까지 읽어주신 분들에게 감사의 인사를 올립니다.